远方的人

楼钢 著

浙江摄影出版社
全国百佳图书出版单位

责任编辑：陈璐璐

责任校对：高余朵

责任印制：汪立峰　陈震宇

装帧设计：巢倩慧

图片提供：www.pixabay.com

图书在版编目（CIP）数据

远方的人 ／ 楼钢著. -- 杭州 ： 浙江摄影出版社，
2024. 12. -- ISBN 978-7-5514-5186-4

Ⅰ. Ⅰ227

中国国家版本馆CIP数据核字第2024KV4599号

远方的人

YUANFANG DE REN

楼钢　著

全国百佳图书出版单位

浙江摄影出版社出版发行

地址：杭州市环城北路177号

邮编：310005

电话：0571-85151082

网址：www.photo.zjcb.com

制版：浙江新华图文制作有限公司

印刷：浙江海虹彩色印务有限公司

开本：889mm×1194mm　1/32

印张：6.375

字数：90千

2024年12月第1版　2024年12月第1次印刷

ISBN　978-7-5514-5186-4

定价：48.00元

序

记得是2017年的中秋，我发现母亲突然变老了。

母亲的身子在高高的月亮面前，瘦了矮了许多。虽然很清楚老去是一种常态，但在亲眼所见的当下，我还是在心里发出了一声哀叹。"今年的诗人比往年多 / 门头比往年高 / 而月，还是一片痴心 / 五千年圆而不腻 / 照着母亲越来越瘦小的躯干。"

我们不得不接受亲朋不断老去和不断远去的事实。正如庄子所言："知其不可奈何而安之若命。"

不断远去的除了亲人、朋友，当然还有本我。本我是很奇特的存在，仿佛在一个无限的、原初的圆圈之中，它在不断远去，又在不断回归。孤独才是它的本质。孤独地仰望星空，与孤独地阅读经典。正如柏拉图所说："我们学习知识，无非是在不断地回忆。"从这个角度来说，我们不断学习，就是在不断拓展自我的生命，令生命的潜能得以充分释放，让本我回归自身。在感性的文字中，我们可以与伟大的思想家和朴素的大自然进行互动，践行海德格尔所说的"诗意地栖居"。

追求真理是人类的宿命。哲学家们痛并快乐着。我把那些伟大的诗人也归为哲学家，比如德国诗人荷尔德林、奥地利诗人里尔克——他们的诗作直达真理的家园。再如中国的王维、苏轼等，在儒、释、道的影响下，他们写出了旷世奇篇，可谓"诗意地栖居"之典范。他们用诗叩问世界的本质，用生命的实践体悟"道"。从这个意义上说，我也尝试着摸索前辈的思想脉络，也许不一定有答案，但正如真理包括谬误，对问题的探索本身也是"真理"的一部分，想来也是极其快乐的事。

本书凝聚了我近几年的思考及观物心得，分为三辑：第一辑《时光，你好》，以追忆青春、怀念亲朋等为内容；第二辑《引路》，主要记录本人的一些哲学探索和思考；第三辑《与众不同》，包含了在平凡的生活中感受和体验到的自然的淳朴和真实。

既向往远方，又体察身边树木的生长；用文字扩充生活，用思想丰富生命。这是我们应该有的生活态度。我总相信，在最高的某处，诗与思是统一的，理性和感性是统一的。在"道"的面前，

我们都是小孩子。愿在同一片星空里，寻见共鸣

的你，让我们一起远航。

楼钢

2024 年 11 月

目　录

序

第一辑　时光，你好

第二辑　引路

第三辑　与众不同

时光，你好

时光，收集人类的泪水，将它蓄满风的谷仓。

——［叙利亚］阿多尼斯《时光的皱纹》（节选）

时光，你好

我是一本书
时间是翻书人
翻过千山和群星
翻过忧伤和荆棘
翻过万朵雪花
引导我到达自己的领地

这是一条艰辛的归途
我用无数个问号叩问
在感叹号里惊醒
我是那条河流的不息
是星移，是流动
是时间的真相
我是我的不是

我的每一页都镌刻着美好
世界即美好
就如你的爱
过去，现在，未来
都在此刻
充满于我的字里行间

夏日

1

在伤春与悲秋之间

尚有夏的热情

2

一切都盛开了

犹如你的身体

光芒绽放

3

在四季的一半

我献出了全部的爱

为了收获秋的累累硕果

祭奠冬的皑皑白雪

4

那晚，月下

我们紧紧相拥

微风不透

星辰嫉妒

5

夏天是童年的一首歌谣
它是属于我们的孤勇者

6

曾子的志向：
童子六七人
浴乎沂，风乎舞雩
咏而归
虽是暮春时景
更似一派盛夏

7

夏天总是多情的
多情到无情
无情到忘情

8

濂溪先生的后花园
百草交翠
蔷薇们开得大大方方

9

地球离太阳有多远
夏的记忆就有多长
一起排队买的老冰棍
一起午后跳的小池塘
还有一起在郊外农田
偷偷摘下的大西瓜

10

夏天是叙事的
秋天是抒情的

11

本性具足
方显热情
每散发一份热
便凝聚一份情

那些年

1

那些亲吻过的唇

代表了时代的青春

2

你的肉体

是一部钢琴

在某些夜晚演奏

3

静亦定

动亦定

定在喜怒哀乐之未发

4

孔子周游列国的那些年

是真正领受了天命

——乐山，乐水

乐天

5

所有的徘徊不前
都不应该属于青春

6

那些年
人人都羞涩
人人都口吃

远山、太阳、自由和爱情

7

你是我的眼

帮我鉴察过去

帮我预见未来

8

一切皆空

才能装得下

那些非空

青春

1

记得那个黄昏

白墙黑瓦，炊烟袅袅

金黄的银杏留恋余晖

母亲忽然地变小

青春在向我挥别

2

你是一群鸽子

飞过爱琴海

飞过白色的房子

和蔚蓝的天空

在一个悠闲的午后

雅典广场与我邂逅

3

一些人走过青春

一些人路过青春

还有些人

错过青春

4

青春没戴表

因为有时间

5

我曾以为

你一度离我远去

其实你如千年古刹里的那棵银杏

不时地凝望我们来时的路

在最美的季节卸下浮华的重负

等待一场花开花宿

6

那次伟大的爆炸

产生了一幅星河的人生画卷

童年不断产生

老年没有消逝

青春的繁星闪烁

欢快地旋转升腾

7

老子

是没有青春的

他却用一生的智慧告诉世人

青春是上善若水

青春是绵绵若存

8

一个一个的青春

加起来

便是永恒的青春

她自己无所谓青春

无所谓苍老

只有灵魂

顿悟的这一刻

远方的人

远方的人啊

她在抬头仰望

星辰万里

她的灵魂高尚

拥有人世间一切善良

远方的人啊

她在轻声歌唱

草原辽阔

她的灵魂飞翔

带走人世间一切彷徨

远方的人啊

你在低头寻觅

喜马拉雅山巅的日光？

你的灵魂谦卑

披戴希望

解除人世间一切悲凉

陪伴

1

谁有资格陪伴大地？

大海？森林？坚硬的石头？

还是人类？

都不是

苍穹下的一切都将废去

连我们的思想

头顶的星空

唯有"永恒"长存

2

我们都在相互陪伴

我们都在

宇宙大爆炸的尘埃里

渐行渐远

3

灵与肉

相依为命

死亡是他们的月台

4

就让你们尽情地否定我吧

欢呼雀跃地反对我吧

因为只有否定

我的精神

才会回到你们身边

5

船在远航

岸在守候

海风牵着她们的手

海浪拨动着她们的心弦

6

小时候

我与父亲的零食同在

长大后

我与父亲的灵魂同在

7

人的一生大体分为三程：

父母陪伴一程

妻儿陪伴一程

活着的人

最后陪伴一程

8

时间是最大的施舍者

它的陪伴不离不弃

不生不灭

9

子贡的魅力

在于他在孔子的墓旁

陪伴夫子三年

又三年

10

圣人

都与自己为伴

他们深知

永恒的奥秘

广场舞

1

夕阳西下

吞没了疲惫山河

广场舞升

掀起了新月盖头

2

那些年轻时未曾跳过的舞

如今都一一赐给了

当下的星空

3

在一颦一笑里

忘却了曾经越过的荆棘

4

把手高高举起

在空气中画圈

一边敬星辰

一边敬晨曦

似乎在述说轮回的意义

5

同样一段舞

年轻人跳的和老年人跳的

意义截然不同

6

年轮是灰色的

唯有舞动的精灵

常青

7

以广场为界

外面是洞穴

向内是世界

挂面

一圈圈挂面
宛如无限的忧思
在火红的太阳下
静静地端详着
风吹来的方向

老奶奶弯着腰背
双手传递着温热
晒面的身影
与我懵懂的童年交汇
她曾对我说：这面身上有光，也有盐
盐若失了味就不能再咸

如今，老奶奶的坟头已郁郁葱葱
她带着太阳和盐
还有泥土的味道
静静地端详着
风吹过的昨天

一首关于父亲的诗

一首关于父亲的诗

却想不起用哪个词来做开端

我是他的开端？

抑或他是我的开端？

父亲默默无言

除此之外

我也找不出一个词

来形容他的一生

如酒？如山？

如清晨？如火焰？

但一切的"如"

都只是颂赞

而非他自己

直到多年以后

我也成了一位父亲

从孩子期待的双眼

我看见

父亲是开端

父亲是至善

从开始直到尽头

尽管有一天

他会成为一堆旧纸钱

在风中摇曳

但依旧会点燃

我和孩子们的期盼

从开始直到尽头

拥抱，泪流满面

秋轻轻地触碰了下冬
桂花的清香溢出酒盅
片片落叶飘落在怀中
泪流满面，对大地的爱

时光雕刻的几分俏皮
在人生的第三十五次心跳里
满怀于座座城市的期待
以及那些走过的小桥

寻一个阳光明媚的下午
让陈年的话语
带你拥抱城市的每个角落
细数每棵曾经幼小的树
泪流满面，回望青葱的路

樟树

每次一想起时光飞逝
故乡的老樟树便落下她的旧装
在她的最深处刻上秋日的风霜
飞驰的列车穿越华夏的严冬
我向挺立的枝干一一挥别
以春的名义许诺他们新装

人间的美好总是飞逝的
比如湖面晶莹的冰
比如远方的爱情
咫尺的友情
都将飞往银河的另一端

每次一想起时光飞逝
故乡的老樟树便换上她的新装
流溢出陈年的芬芳

你的容颜

走在城市的岸沿
孤独的荷叶与孤独为伴
我轻轻地走过你身边
你用水波的荡漾向我微笑
你允诺用冬的静谧
跟随我走过千山

你汲取昨夜星辰的灿烂
撕开密布的云团
那枯萎的，沉沦的
都遮挡不住你的光芒
你是水中的太阳
散发着迷人的芳香

我低头看你的一瞬
恰似你的容颜
映入我的心田

忘记

春天醒了
记忆和春雷在万物复苏的途中
我忘记许久不见的朋友的名字
以及这个季节生长出的名字
忘记故乡那棵老樟树的年龄
衰老的叶子哼出洒脱的曲音
忘记断桥上风筝飞舞的样子
它们是怎样度过的冬日
忘记某个黄昏的云彩羞涩地躲进山岭
回答着我们的爱情
忘记日历中的一个流血的日子
昨天、漫漫长夜和人类的历史
教堂钟声，拥抱哭泣

忘记每时每刻正在消逝的——
玫瑰、名字、声音
和我身体的一部分

水波

夜色下的水波

是一群夏天的孩子

拥有柔软的身子

洁净的灵魂

热情而好奇

它们在风的抚摸下

不时地拍打黑色的石头

相比远处的繁华闹市

它们是一群孤独的孩子

自己追逐自己

自己拥抱自己

它们藏着许多秘密和泪水

它们在微弱的灯影下游泳

像回到了母亲的子宫

前童古镇

置于时光中央

红妆静默，鱼群安详

归燕亲吻朝阳

在缓缓流动的水面

摇曳着那位出嫁的姑娘

淡淡的忧伤

却停留在溪水深处

"那里有五彩的石头、云团

陪伴少女般轻盈的溪流"

母亲亲手编织的光芒

穿过千年古镇的断墙

抚慰伤痕累累的躯体

如今伴着

闪亮的饰片和丝线

绽开在祖辈的谆谆教导上

穿梭于孩童中间

随风歌唱

情意

1

星星

回忆起自己的爱情

眼里常常闪烁着泪水

那些掉落的流星

是他们前世的一场场修行

2

两个

秋天的橘子

惺惺相惜

在桌子上娓娓腐烂

像极了爱情

3

所有的相见
——化作怀念
恰如，秋天的柿子山
金黄片片

怀念，何不期待相见？
那是冬日寒风里
人非物换
我们，似尘埃
终将在江湖飘散

4

我最深爱的
依然是自己的影子
如我随行
互相恩赐，互不相欠
只要一道光
我们即可相见

5

我的梦想

是把所有你梦想的事

——实现

只是，当秋天碰到冬天

我便丢失了最初的梦想

你如一场秋雨

令人措手不及

6

爱情犹如一颗定时炸弹

从按下开关开始

就落入时间的魔爪

等待最终的审判

除非

用冰冷

冻住时间

7

天地不仁

以万物为刍狗

可是，我们毕竟不是万物

我们是你眼中

一个又一个

8

我深情地凝望你的眼

却发现，在你的眼中，有一个我

胆战地望着我自己

9

一生二

二生三

三生万物

多么旷世的爱

牛清汤

眼前一碗，心里又一碗

把清汤捧在手上

手，便是故乡

挥手吧，心爱的故乡

渐渐远去的浦江

那碗清汤

撑起青春的炊烟

把一肚子的话

灌进坚实的腰

言语在深秋的层林里尽染

思念在芦苇的鬓发里盛放

那年的月亮，格外冷

你们个个笑着，眼角开满了花

喝下一碗清汤，落下

一场温热的雪

雪，何时飘洒

纷纷的人间
有你纷纷的模样
万朵花开，万古奔腾
一去不返的河流
落落大方的雪花

我曾以青春的名义
踏遍万水千山
寻找你的足迹

如今，却依然停留在
我们最初的记忆——
在鸽子面前，你手捧雪花
温柔的眼神将我融化
雪，在我们最初的梦里飘洒

平凡的世界

那一年
我们相偎相依
我读着《平凡的世界》
你读着《理想国》

多年后
我们各自寻梦
我过着平凡的生活
你拥有理想的爱情

有一天
我的生活遇见了你的爱情
我们相视一笑
我们都是为爱而生的人啊

老奶奶

1

曾经，老奶奶像棵松柏

端庄地坐在樟树下

举目张望

远方的远方是自己

寒冬一次次地袭来

她却一如既往"摩羯式"地沉默

与大樟树进行着

一场世纪的对话

如今，老奶奶成了那棵松柏

依然端庄，依然沉默

我举目张望远方的远方

大樟树和我述说

当年的故事

2

远山，大理石碑成行

各自向上伸展

无尽地盼望

你静静地躺在松柏旁

我想为你画一幅美丽的长卷

松柏是你长长的秀发

云雾是你青春的模样

此刻，我们站着不说话

时光为你停留

鲜花为你盛放

排演

音乐厅

正进行一场排演

颂赞七十年

十年十年地演

提琴拉奏出一段春秋

江山锦绣

大半个世纪在舞台上

像风一样吹过

又如火一样燃烧

鲜血在流淌

江河震颤

英雄们在光明中远远地望着我们

雕塑般的姿势豪气长存

他们把自己埋在大地河山

留下一堆尘土与光荣

和日月同辉

他们书写春天故事的序言

把芳华留给纯净的轻盈的少女们

谢幕的那一束光

如一群白鸽飞到我前方

来自七十华年的呼唤

一场生命对生命的献演

　（书于庆祝中华人民共和国成立 70 周年晚会排练）

思念

我思念溪水旁的小草
曾经躺卧在你身边
与你静静地将月光斟满酒杯
一饮而尽，抬眼
满是星星

我思念去年的秋风
曾经抱紧你柔软的身体
与你飘舞在满是瓜果的田野
画地为牢，收获
一篮筐的爱情

我思念逝去的流水
曾经浇灌我幼小的灵魂
与你沐浴在阳光明媚的下午
遨游周遭，遇见
一路的风景

我思念上古的方舟
曾经抵抗肆虐的大洪水
等待鸽子衔来的橄榄枝

与你同在
滋养共同的家园

小草啊，你是否还在溪水旁
欣赏四季轮回？
秋风啊，你是否还在芬芳的田野
收获下一个爱情？
流水啊，你是否还在孜孜不倦
遍历壮美山河？
我的方舟啊，你是否愿意承载
我的思念，一路远航
至无尽的远方

一片五角的叶子

金黄的秋闯进了我的窗格
落叶在空中飞舞
向往与大地的拥抱

一片叶子倏然定格
与千年古树构成了久违的美丽相册
我们相互凝视
它如一颗五角的星
发出通透的光
在空中回折，照亮我渺小的心灵
弹奏出一段瑰丽的旋律

啊，你是母亲怀抱里的叶子！
你飘落大地，埋向泥土的深处
历经无数个黑夜与严寒酷暑的淬炼
化作《诗经》里可爱的草木
回归温暖如初

晒时光

一部世界文明史悠然地躺卧
柔软的日光静穆地述说自己的故事

微风自三千年前，克里特岛
捎来沁脾的花香
地中海的蓝穿过指缝
撩动思绪的发端

杜兰特与维特根斯坦
在厚重的扉页里
进行着一场希腊生活的对谈

时间在一束光里抖落
叶子，尘埃倏然定格
那些过往与向往，舒展
一幅辽阔的时光与山河

爬山

有空我们去爬爬山
蜿蜒的小河，清脆的鸟鸣
那片郁郁葱葱的林

有空我们去爬爬山
我拉着你的袖，你望着我的眸
漫山遍野金黄的秋

有空我们去爬爬山
山顶的微风，若花的笑容
对对快乐歌唱的燕

有空，我们再去看看那座山
清丽的诗行，空谷的回响
一座名叫永恒的碑

母亲

今年的诗人比往年多

门头比往年高

而月，还是一片痴心

五千年圆而不腻

照着母亲越来越瘦小的躯干

也曾照着老子的真实

今晚群星璀璨

母亲是月亮

日常的饭菜都赐给我们

如颜回一样

一碗饭，一碗清汤

还有满满的一桌

箴言

径山，那些路

晚风像那对燕一样轻巧
头也不回，一直向着
夕阳沉睡的地方飞去

余晖所照之处
尽是我曾经热爱的山路
崎岖如你，沧桑如我
那些通往桃花源的路
没有一个标记
向着未知的方向
静默深入

每一条路都陌生，又都相似
犹如我们一起
微风吹过，阳光灿烂过
明晃晃的昨日

大爆炸

所有的日子
都在一枚小小的硬币上
在我目光所及
在那不曾叫远方的远方
尽管没有星辰可摘
没有黑夜白昼，没有春秋冬夏
但我的怀抱如万里春风
我的爱意如纷纷大雪

却不料一声巨响
我们漂荡在时间之流
包裹于空间之舟
你去了哪座星河，我又来到了哪
伟大的爱因斯坦，请你献出你的智慧
在浩瀚中推导出我们的前世今生

你们

你们身姿优柔

伴着琴声悠悠

潜入深秋

与那金黄色的落叶

一同漂流

于我的生命长河

镌刻我的时光

丰润我的大地

点亮我的星空

我苍老于

你们每一个舞姿里

你们每一阵歌声里

你们每一次成长里

我坚守于

你们每一个寒冬里

你们每一声哭泣里

你们每一次挫败里

眼睛

如水晶一样通透

大海

默默为你们守候

引路

但，且听风吟，那连绵不断的音讯，来自寂静本身。

——［奥地利］里尔克《杜伊诺哀歌》（节选）

引路

我倒在酒与爱里

悲情地大笑

呼唤深渊的到来

思绪喷洒而出

沾满时光之躯

太阳在上头做证

月亮遮住了双眼

赐下黑暗一片

虚无，如野兽围住我

把我困在无人之境

我向但丁恳求

维吉尔¹，你可否帮我引路？

那条丰盛，孤独

通往神圣的路

---

1 维吉尔：意大利诗人但丁的长诗《神曲》中的角色。在《神曲》中，维吉尔带领主角游历了地狱与炼狱世界。

夜

1

夜是一面镜子

照亮了星空

也照亮了

我们的面目

2

梦，在夜里苏醒

你带着星空向我走来

脚步轻盈

万物都在倾听

你放下最亮的那颗

陪我到天明

3

黎明之前

夜在哭泣

因为

她将与我们别离

4

黑夜和白天

要举行一场盛大的婚礼

她们互相承诺

互相亲吻，拥抱——

孕育了

黄昏与黎明

5

在夜里

色彩，伤口，故事

万物都在愈合

众生归于平等

6

一千零一夜

每一夜

都藏着大人的秘密

7

父辈的夜

在日落之后

随月光洒落

我们的夜

在黎明之前
与灯光同行

8
白天
像一个风筝
由夜牵着
自由飞翔

9
夜，善于陪伴
陪伴桂花凋落
陪伴路人回家
陪伴母亲
忽地长满白发

10
夜说：
我是深渊
自深渊而来
将回到深渊
因为
那里纯黑无瑕

11

夜色中的火焰

看起来自由自在地燃烧

却无时无刻不在

夜的枷锁之下

自由飞翔

撕裂

1
你是混沌，那爱的开端
你是深渊，那爱的终点

那次宇宙大爆炸中的
生命冒险

2
你，我
今天，明天
儒，释，道
世界被撕裂
生活被破碎

只有梦中
庄周与蝴蝶共醉

3

认识

扮演成智者之剑

将世界撕裂出

无数伤口

又历经千辛万苦

将其治愈

4

无时无刻

我们不在告别

告别伤口，告别亲朋

告别光阴

告别自己

落叶

在告别中紧紧相依

5

一和多

亦敌亦友

一路上跌跌撞撞

从西方到东方

我在某次梦中看见他们

合二为一

6
有限
走着走着
走到世界尽头

无限
忧心忡忡
一直在远处凝望
一层层世界之门

7
我们无意中
被抛入这世界
牵挂，沉沦
还有个叫"大家"的人
一起
向死而生

8

泥土啊，看那广袤的森林
你是多么生机勃勃

泥土啊，看那大漠的尘埃
你是多么趾高气扬

泥土啊，看那无尽的大海
你又是多么哀痛万分
一边痛哭
一边将自己埋葬

9

我义无反顾地爱着
镜子里的我
真实，温柔
我们常常
含情脉脉
一起刷牙
一起洗脸

但愿
当我哭泣
你要微笑

目光

把过往都装进风里
随蒲公英一起飞远
在太阳的见证下
生长出缤纷的历史

历史是相片里的主角
她定义了四季的风景
和星空的高度
她燃烧于柏拉图的理想中
隐匿于你我的某次对视中

她虚构出天际的云团
它们此消彼长
在她的脉搏跳动中
宣告着战争与和平

公义和慈爱
她怜悯人间的疾苦
将一切留恋的目光
安放在未来的空气里

他写了首关于太阳的诗

他写了首关于太阳的诗
他用思想的笔将太阳解剖
掏出它的心脏和眼睛
读者可以感受到它的炽热
它的光明
它还有一双翅膀
从晨雾飞向远山
最后他写道
太阳落进自己破碎的梦里
他走到了人类的尽头
这就是他笔下太阳辉煌的一生

唯一遗憾的是
诗里未曾提到太阳
如何照耀他和他祖辈们的墓地

致海子

久久不能平静的海

被遗忘的泪珠填埋

你匆匆而来

恰如公元一世纪

不早也不晚

刚刚好

像个小孩拥我入怀

你在尘世轻轻徘徊

留下一粒麦子

在来年的秋季

带着一片麦海

归来

光影

1
因万物的缘故
光和影
从此便有了交集

2
光与影结合在一起
分娩出了日和夜

3
光是至善
它包含万物
也包含了影
与恶

4
某个黄昏
羊群、绿草
都在光的展开中生长
犹如你明亮的眼眸
乘着夏日的微风

5

生命是光

可大多数生命

被活成了影

6

当你看懂了影

便懂得了光

便可原谅世上的一切

7

洞穴、火把

我们看着自己的影子

欢快地起舞

光，在洞外流泪

8

物理学家

哲学家

永远不会明白

光即是爱

9

光外无物

除了你

我已成河

那一天

我渡过了你

温柔，祥和，不带苦痛

天色暗沉

林中一片孤寂

野兽的呼吸如雷

你用无尽的安静叩问我的心门

在巴别塔之前

我尚能懂你的言语

如今我只能羞愧

连你的哀泣

都在我骄傲的心跳里埋没

我曾回答先哲赫拉克利特[1]

花光气力

三次跳进同一条河

终于，我躺卧在你的怀中

你的温热流过我的身体

---

1 赫拉克利特：希腊圣哲。他提出"火是世界的本源""一切皆流"
等主张。

洗净凡尘沁润我心脾

融在你纯净的身体里

远方青山连绵

绵羊，小鹿，路和路

慢慢地我成了你

成了那条河

绵羊，小鹿，路和路

假如把人类比作一个人

假如把人类比作一个人
我会是他身上哪一部分
眼睛？双手？心脏？
抑或是灵魂？
都不是！
我一定是也注定是那卑微的双脚
离星辰最远，离大地最近的双脚

不仅是因为
我要触摸大地的呼吸和脉搏的跳动
我要在荒漠里铭刻出一条回家的路

更是因为——
每当太阳升起，影子在我脚底下生长
我将承受
那一个人孤独的眼泪

逃离

干涸是什么
水的缺乏

恨是什么
爱的缺乏

黑暗是什么
光的缺乏

恶是什么
善的缺乏

大自然为何哭泣
因为我们的逃离

落叶

生命中的最后一次舞蹈
像风中的精灵
伴着光影的明暗交错
大大方方地随风飘落

褪去往日的浮华和骄傲
向挺立千年的枝干
作最后的诀别
用沙沙的声响
叩问行人的灵魂

你曾披戴——
白昼和黑夜的盾牌
阳光和风雨的利剑
穿越千山，击破长空

这是一条归途
一部命运交响曲
在短暂的春秋
行完瑰丽的路

大地是你的归宿
她用丰饶的身姿
母亲般宽阔的胸怀
拥抱你的百转千回

自由

在向太阳的奔跑中

我看到自由的虚无

混沌的孪生兄弟啊

你在水面上俯瞰大地

如一只黄昏的猫头鹰

注视一座座创造之殿

诸如——

光明撕裂出黑暗

泥土塑造成新人

种子生长出青山

你反串成命运

让西西弗重复地推着那块巨石

山脚是令人忧惧的万丈深渊

他对狂风怒号，对头顶的月亮——

那黑暗的主宰，呐喊

在抗拒了无数个日夜后

他精疲力竭

身上布满了巨石摩擦的伤痕

犹如一艘艘帆船划过红海

无论多么浩瀚

都有你航行的烙印

这是天空之城自由盛放的花朵

湖

世界是一条不息的河
自那生命的源头——
深不见底的湖[1]，壮阔而下

他披戴着日光，以四季为行囊
从迷雾中伸展出丰饶的身姿
并告诉我们：
那铿锵，无言
是石头抵挡激流的刚强
那静美，恬淡
是香蒲织成智慧的箴言

落叶凋零，亲吻水中摇曳的天空
祭奠秋天往日的恩宠
沙砾浮沉，记录万物新生的面容
探寻死亡纷繁的迷宫

鱼群领受了荣耀的光环
逆流而上

---

1 湖：此处寓指真理。

筑成盏盏灯塔

像掉入水中的璀璨银河

世界之河啊！

你将我们相拥

万古奔流，流入湖的腹中

密谋

一场密谋
在黎明与黑夜之间交语
它们出自同一个人的手
——那静穆之手
被安放在时间的两端
俯视着大地
时间的天平断裂于黎明前的一瞬

它落入尘世
铺设了一条五光十色的路
一浪又一浪的山川、海水
俯伏大地之上。驯服的猫
在风中高声颂赞
等待荣耀的洗礼

唯独人，没有早晨
他们召唤沸腾的火焰
撕开夜幕
远古时代的欲望精灵喷泻而出
他们沉醉于酒精的迷狂
在洞穴里与影共舞

纷纷押上了永恒的赌注

并有十足的把握

在夜半深渊到来时

掏出血淋淋的刀剑

在同类中大获全胜

语言

粉笔灰
四条线段
一个汉字——"山"
九月九日登山的人
华夏文明的黄土高原
人们生活在大山的一面
靠着那虚妄的信念
和自欺的经验

大山的另一面
是我们回不去的家园

醒来

他睡了
梦见自己疲惫的身躯在叹息
梦见两把利剑正在交锋——
一场血淋淋的斗争

梦见失明的人正在寻找星空——
他们纯净的家园
梦见西西弗的巨石正在滚落
落向充满自由的深渊
梦见《查拉图斯特拉如是说》第一章：
　"我热爱人类"
梦见他的父母孕育了他
他又孕育了自己的孩子

他梦见自己醒来
渐渐变成一根火柴
一道光，一只鸽子，飞到我们的天亮之前

柏拉图

一只猫头鹰正在扫视丛林

野心勃勃

在即将到来的黎明

它要建立一个理想国

还想当国王

真正的国王

果然是一种理想

没有热情洋溢的诗行

没有悲喜交加的剧本

一部春秋的遗忘

一堆数字的填埋

大理石般的冰冷

诗人们情感无处安放

而人们却如蚁群般秩序井然

各从其类，从未彷徨

显然，这是在挑战

远古先辈和即将来到的亚里士多德

他手指的方向与你截然不同

你大声呼喊，贯耳如雷

天上，人间，艺术家

每个地方都有一个月亮

只是他们各有不同的光辉

可如今，人们只记得阴晴圆缺

至于那圆满永恒的月

与记忆隔了一层厚厚的藩篱

与我们久久分离

因此，你一直忧心忡忡

在洞穴外仰望星空

哪怕跌入坑中，也要寻找至高的智慧

拯救我们的悲恸——你看，此刻

在阴暗的洞穴里我们欢呼雀跃

把影子当作最真的自己

与它翩翩起舞

庆祝爱情！庆祝正义！庆祝胜利！

这里有至纯的善良！

这里是爱情的殿堂！

这里是完美的国度！

这里是最灿烂的黑暗！

尽管你缺席了那一晚

苏格拉底的慷慨就义

却如你所愿

他用自己的生命

为你守住了理想的疆土

并告诉后来者

正义，善良，爱情

不仅仅是理想

苏格拉底

我梦见一把锋利的剑
刺穿智者魅惑的幽暗
污浊的血江河染遍
遮住星辰的灿烂

你是城邦的小丑
在雅典广场毅然坚守
用光明的火种点燃心灵之眸
你重新审视苍穹的奥秘
揭穿他们蛇一般的诡计
你体恤欲望的痛苦
用不知疲倦的对话
一层层拨开真理的迷雾
用奔流不息的思想长河
浇筑知识与美德的公式
拉开灵魂与肉体征战的序幕

精神的助产师啊!
你的泪水汇成爱琴海
你的羊群遍布欧罗巴
暴风雨,快来吧!

整片大地都在等候

你所行的已然完备

高贵的人类！亲自抹上最纯的毒液

刺向你的心脏

连同人世的污秽

一同死去

夜莺为你动情歌唱

灵魂的旋转与升腾

打开胸膛

流溢出德尔菲神庙

至善的芳香

那个男孩

在"一"如何生出"万物"的事情上
他投入了满腔的热情
那本古书的第一章第一节
他始终牢记于心
所说的每句话都是必须要说
认定一生只够读一本书

在别人以心跳的速度追求虚幻的梦想时
他却寂静如冬
坚持那个
大雪纷飞后春暖花开的世界

他如一棵千年古树
安详地守护在鱼儿游过的池子边
从晨钟到暮鼓
草木与影子相伴
心跳声随风独唱
他揣摩着万物的心思
不去讨论谁更快乐

春天轻轻而至

他的心跳比往常

多了一下

一如鱼儿入水的一刹那

草木与影子相伴

等候

朋友们

我将离你们而去

阳光黯淡许久

海风厌倦吹拂

乌云遮蔽月光

尽管万物尚存留恋

夕阳不舍落下

玫瑰掉落了她的泪水

飞鸟用歌声为我送行

微风带来雅典娜的祝福

但我必须，为你们

寻找那片世外桃源

那片使你们成为你们的家园

朋友们，请走出幽暗的山洞

静心忍耐

等候天边的霞光

康德

整个世界
一个时代
在等候一个高尚的身影
它就像钟表的时针
准确地指向某个下午的三点

这是一位神秘的魔术师
他把时间和空间召唤至心灵
重新绘制世界与万物之灵的关系
他用道德的律令述说：
自由在每个人的脚下
在每朵玫瑰盛放的一刹那
他指着永恒的星云
教导流浪者仰望头上的星空

他播下理性的种子

开辟精神的土壤

他纯粹如水，享受每一寸孤独

他的生命一直绵延不绝

他说：青年，好比百灵鸟

有她的晨歌

又说：老年，好比夜莺

应该有她的夜曲

出发吧，黑夜

黑夜啊
你是多么纯洁无瑕
卸下我们所有虚假妆容
去面对同一片灿烂星空

黑夜啊，你是多么体察人心
卸下我们所有白昼重担
享用多彩的美丽梦幻

黑夜啊，你是多么浩瀚无穷
拥抱我们所有目光所及
披上大海的潮涌和沙漠的风尘

出发吧，黑夜！
在你坚定的话语里
在你深沉的怀抱里
在你星光的闪耀里

蒲公英

夜与夜之间是黎明前的黑夜
村与村抛下炊烟
孤独地相望
一张通行证
却通往不了故乡
通往不了思念的大洋
那曾是诗人笔下的桃花源
遍地长满了蒲公英
还有两个太阳，一个在头顶
一个在心房

人们喜欢把蒲公英的果实吹得远远的，超过地平线
超过大地和迷宫，历史和星空
人们习惯了超越
并想成为那第三个太阳
却离弃了书上说的"野马，尘埃，万物相吹"
又说：万事互相效力

一段段传奇描绘的是祖辈们天人合一的故事
如今却成为分离的殿堂——
我与它的分离，我与你的分离

我与我的分离
如同蒲公英的果实
永远离开了它的身体

或许，只有连同它的身体一同毁灭
让它们再次合二为一
长夜才能通往黎明

是

我们之先

你便存在

与时间和空间同在

与默默无言的树木做着游戏

与血气方刚的野兽相依为伴

你的幽灵等待着那一刻

万物之灵的出现

你的肯定雄健有力

毅然决然

安放在我们心中的时空

揭开了世界浩渺而神秘的面纱

犹如一座座跨湖桥

接连我与万物以及每一湾思想之水

从此，世界与我紧紧相连

我澎湃于日月的升降

唯恐美人的迟暮

忧伤于亲人的别离

沉沦欲望的欲望

从此，我学会了赞美一切
赞美星辰，月圆，拥抱
赞美黑夜，残缺，分离
你的智慧高如苍穹
深如大海
像猫头鹰在黄昏降临
你出走，冒险，艰辛地回归
勾画出一个绚烂的圆圈
你如一团燃烧的火焰
用"非"同寻常的道路
确定"是"

从此，世界在我心里
我是我的开始
亦是我的结束

斯宾诺莎

在守护光明的道路上
这位犹太人始终恪守那句古老的箴言：
"活着不是单靠食物，而是靠着那道光"
磨砂镜片，厚厚的书稿以及黑暗的锋芒
一切与光有关的事物都系在颈项上
他徜徉于镜片里折射出的多彩梦境
和亚历山大图书馆的惊世密林
用欧几里得的几何原理拼凑出思想的图景
用浪漫的口吻说出
世界是一朵花，一棵树，一个精灵

在众多流传后世的故事中
这颗水晶耀眼夺目

魔法般照出了世间的面目
那飘荡的尘埃
将光反射进巴门尼德残篇
赋予大自然以精神的力量
同时，这力量也将他推向
世界之巅

世界是一朵花，一棵树，一个精灵

致邵雍

你见日月时

心中尽是繁星

你望星辰时

梦里永见光明

你是温柔的水，热情的火

又是敦厚的土，坚强的石

你的性情如昼夜，形体如寒暑

时而雨风，时而露雷

尽化为走飞草木

飞草，飞木，飞走吧！

飞往诗书春秋，那里没有寒冬

有温热的礼乐升降其中

易生，书长，诗收

春秋藏

额尔古纳的雪

清晨，群马
在这片寒冷的雪地
俯首，吸吮甘露
聆听雪花飘落

这一片雪
前生是一朵花
来自远古的宇宙
星辰是他的天使
在无数个黑夜里
他悲伤地叹息
哭泣，落下纷纷的泪
犹如父亲寻找迷失的孩子

他选择在寒冷的冬季
轻轻飘落成一段传奇

拥抱千疮百孔的大地
凝固万古奔腾的河流

群星为他闪耀

而他，却闪耀着额尔古纳

那目光所及

一片茫茫众生

清晨，群马

水

你在山间的怀抱里和光同尘
你是四书五经
书写春秋夏冬
经历水火木金

你带着泥土的气息
辜负山和草木的绝恋
跨越重重人海与千年轮回
来到这虚幻的人世

生命之水呵！
你一出生便听从了命运
为人类的缘故放弃江湖
化作纯净和上善
义无反顾往下流

"你是弱者"
查拉图斯特拉如是说
你扮成镜子
怜悯地看着我们翩翩起舞
一代代骄傲下去

那个说你是万物之源的圣哲 [1]

自己却掉进坑里，被世人嘲笑

我翻阅历史的扉页

咀嚼你春秋的味道

全力追寻

渴慕你的上善

认真打开你的真诚

---

1 圣哲：指希腊哲人泰勒斯，他提出水是万物之源。

真理

1
有
一个开端，它
什么都没有
它是混沌
犹如突然来临的爱情

2
逻辑和规律
是真理的两张面具
戴久了，就摘不下来

3
一群绵羊
在原野上流浪
在星空下寻找自己的主人

4

当我的心跳
与时间的律动一致
我便与你同在
在一瞬的闪电中
在离别的泪水中

5

我们身在其中
却如身陷迷途
如战争，鲜血
爱情，历史
还有孤独

6

真理的性格
叫意志
它潜藏在每个人心中
它不时呼唤着你的名

7

真理是一场音乐盛宴

它通达绝对者

它是赞美之泉

而这一切

由音乐家亲自演奏而成

8

我们在真理的大门口

沾沾自喜

只有圣人们知道

自己并未知"道"

9

生命是什么？

真理的孪生兄弟

他们都挽着光

都在"自由"之路上

10

此处由你，你的一生

来完成

请投身于风暴和雷电

拥抱每一次的生命战场

新生

我在黑暗里
感受到无限的光明
我在你心里
体会到无尽的黑暗

黑暗的奥义让人品尝
给知情者光明的启示
在为数不多的要义中
有一条赫然醒目——
黑暗多一分
我与光明的距离就更近一分

我默不作声
等待你的新生

自我

把时间带进心中
让"现在"开始膨胀
从起点开始的跨越
瞬间
瞬间破碎成绵绵的海水
进入一种广袤无垠——
远处的枝蔓串起紫色的葡萄
生命的花朵装束自我的冠冕
策马向前，用铁蹄
驱散死亡的阴霾
把历史缤纷装扮

书画

无意间
我们领受了另一种语言
我们懂得了草木的无言

无言的呼唤
河山只有一片

大地与人间的黑白色调
在笔下凝练
江河、丛林、美人
羞答答地重现
大大方方地流传
书写者情意绵绵

至于那永恒
人类对着那一抹光线
按下鲜红的绝恋

浓雾

浓雾何时升腾？

在幽暗的大地上行走

用纯粹的色彩将世界绘于底下

它遮蔽了曙光的荣耀

逐渐吞噬了路人、树木

恢宏的教堂和失明的人

我的记忆也变得模糊

眼前只剩茫茫一片

还有那最后的意识——

我是谁？我要去哪里？

我用努斯[1]的铲子在沙漠里发现甘泉

我意识到自己的心跳

那原始而甘甜的生命源泉

又意识到大自然的呼吸

那美妙而远古的生命律动

我感受到浓雾打湿了我的头发

---

1 努斯：古希腊哲学家阿那克萨戈拉提出的推动种子结合和分离的力量。

冬季里空气中尚存的温度

我推开浓雾，每跨出一步
世界就为我多开一道门
它是另一道光
用独有的厚重笼罩我们

生命

1
你的目的
是成为你

你的过程
是探索你

2
顺势而为
不如顺势
无为

3
温柔
是一剂安眠药
可使野蛮安然入睡
也可使爱的人长眠

4

生命

就是我们不断摆脱自己

又不断回归自己

5

你还不知道吗

每一天

你都在毁灭

又在重生

6

抬头看看吧！

天上的云朵

是天使撒下的福音

让你看见自己的内心

曾是多么洁白无瑕

7

敬畏

是有限和无限的一座桥

8

大多数人

在苦苦地寻求"道"

却没有人意识到

是"道"在寻找人

9

重要的不是思想这个"世界"

重要的是思想"思想"本身

10

每一次经历

犹如盏盏灯塔

灯火阑珊

只属于生命丰盛的你

欲望

1

是时候了

让秋天回归果实

让芬芳回归大地

让流浪的羊群回归牧羊人身边

让远道而来的朋友

尽情享用月光美酒

2

身体是灵魂的宫殿

然而它经常与灵魂为敌

3

把你化作虚无

爱，便可长存

4

欲望的火由谁点燃？

是欲望

点燃了自己

5

生命是个容器

原本就盛满

老子的水

我们却总是向外去寻找

生命之泉

6

谁不曾被欲望浇灌？

只是一些人在浇灌中长出了新芽

还有些人被淹没于欲望之海

7

用沉默去辩论

用心灵去欣赏

你要的大雪纷飞

终会在某一天

装扮你的世界

8

黑暗

害怕黑暗

更害怕光明

9

浇灭欲望的捷径

是持续燃烧欲望

直至灰烬

10

我们追求真理的欲望

来自真理本身

孤独

1
孤独
是一条自己寻找自己的路
路的两边是沙尘和荆棘
还有许多孤坟

2
让我们
在孤独的身上
建造一座园子吧
让它四季芬芳
让它面向星河
述说自己的故事

3
每一个圣人
都戴着孤独的冠冕
与千万人
相向而行

4
道
常静默无言
孤独而常青

5
我们出发
我们停留
我们回归
生命就是一条线
构成的一个圆
圆内无所住
圆外如如心

6
孤独的反义词
依然是孤独

7
万物都有影子
唯有太阳没有
它独自发光
它善利万物

8

庄子

独与天地精神往来

旷世之孤独啊

9

孤独问：如何降伏我？

孤独答：如是降伏

10

孤独的尽头

是向死而生

一

1

我拿什么来拯救

一颗不安，躁动的心？

言语？智慧？还是

鲜血？

2

精子冲向卵子

结合的那一瞬间

像极了

天人合一

3

所有的一

一个苹果

一只猫

一片星辰

加起来

还是一 ——

一个世界

一个你

4

婚姻是什么
婚姻是风风火火的
一生二
二生三
三生万物
最后是冷冷清清的
坐忘

5

我问老子
为何"一能生二"
老子指着头顶的一片云
笑而不语

6

领悟了"一"的人
都成了圣人
领悟了"二"的人
大多成了疯子

7

有限

是一把锋利的刀

在无限之躯体上

撕开一座座伤口

8

混沌被凿七窍

七日而死

他整整伤心了七次

9

一来到世界

看见自己的兄弟（多）

在争抢，在流血

他们竞相争夺

战争的硝烟弥漫

他不禁回忆起

往日的赞美诗

安抚自己的灵魂

10
我们仅有
一次生
一次死
中间却潜藏着无数次
悲与喜

11
你看，风
无形无相，无住无虑
吹过万有
悲哀的，喜乐的
有生命的，无生命的
它的灵魂舒展绽放
如无数花瓣的莲花

无限

1
当我们把自己当成对象
无限便触手可及

2
我们从一个地方到另一个地方
只为寻找沾着的感觉

3
头顶的星空
和内心的道德准则
都绽放着无限的光辉

4
无限
让人类承认自己无知
无知
让无限开始心生怜悯

5

对大自然说话

它们虽不应答

却有某种崇高

6

真正的无限

是爱的洪流

7

无限的反面不是有限

恰恰相反

无限是有限之父

8

一望无际

至少还有"际"

这"际"

便是我们回不去的家园

9

东方

欲辩已忘言

西方

忘言犹欲辩

路

1

伟大的巴门尼德

提出了两条路

意见之路和真理之路

意见之路：对立

真理之路：包容对立

故真理之路包容意见之路

2

夫子的路，老子的路

康德的路，阳明先生的路

有长有短有直有曲

但都通往"道"

3

路的两个方向：

一个奔赴他乡

一个回归家园

4

路
时间般的绵延
空间般的广延

5

世间本有路
迷途的人多了
便没了路

6

真正令人肃然起敬的路
是独与天地精神往来
又虽千万人独往

7

追问"存在"之路
当在慎独之时
如在，如落
如亡

8

我身上长了两棵树：

一棵理论之树

一棵生命之树

理论之树常落

生命之树常青

9

用荆棘刻下你的路

用丰盛装扮你的路

10

是目的

是形式

我们奋斗的一生

是内容

卷与躺

1

鲲

化而为鹏

水击三千

抟扶摇直上

九万里

卷之最也

2

蜩

笑鹏

它决起而飞

抢榆枋而止

躺之最也

3

焦虑是躺出来的

卷是焦虑出来的

4

躺和卷

就像钟摆两端

一端是无聊

一端是痛苦

底端是欲望

5

以躺

观其妙

以卷

观其徼

6

儒家的卷

非

常卷

佛家的躺

非

常躺

道家

无所谓躺与卷

7

我们从一出生
就开始卷
为了以后
可以更好地躺

8

山间的野花
不思也不虑
尚且开得很好
何况我们呢

9

浪花因卷而美
大海因躺而阔

与众不同

我的灵魂像一个牧羊人，它熟悉风和太阳。它和季节手拉手举步前行，跟随并观看。

　　　　　　　　——［葡萄牙］佩索阿《牧羊人》（节选）

与众不同

我写过远山和太阳
也写过爱情和自由
但我未曾写过自己
我觉得自己与众不同
又与众相同

当我写远山的时候
就有一个我
在大山深处向我挥手
我可以看到他的眼眸
是的，我确信是如此
在太阳里也有一个我
在光照我，引导我
在你身上我也看到了我
我们彼此鼓励，彼此成长

直到有一天
当我离开人世的时候
我的身体会归向那
远山、太阳、自由和爱情
只有墓碑上几句诗行
见证我来过
也见证我的与众不同

献上

献上，献上！

你的鲜血，你的生命！

你的时代正阔步前行

你要告别那片幽暗的丛林

去寻找维吉尔称赞的光明

看吧

那里夜莺在欢快歌唱

黎明在默默倾听

你要告别

过去的沉沦和死亡的阴霾

装上醇香的新酒

在新婚的宴席

拿起月光的杯

敬明亮的未来

并用它浇灌这片丰饶的大地

让每一朵玫瑰绽放不停

你住在我的每一朵凡花中

云在山间，马在路上
你住在我的每一朵凡花中
每一颗孤星中

在一次次通向深渊的冒险中
你揭开死亡的狡计
谱写生命的赞歌
让光线流动在我满是疮痍的肉体上

在一次次无尽仰望和叹息中
你命黑夜降临
淬炼我的星空
用温柔的月光抚慰我虚空的心灵
你敞开风的怀抱寻找流浪的足迹

拥抱尘世的飘零

解除幽暗的迷宫

让我的爱重生

深深扎根，像

花在山中，星在苍穹

你住在我的每一朵凡花中

每一颗孤星中

花在山中，星在苍穹

生活

1

喜怒哀乐之未发

谓之生命

发而皆中节

谓之生活

2

生活是座熟悉

而又陌生的桥

一端是爱

一端是憎

3

孔子入太庙，每事问

食不厌精

酒，无量

活脱脱的生活家啊

4

当时的世尊

到了吃饭的时间

着衣持钵

到舍卫城，乞食

这是多么盛大的烟火气

5

今生，管好

因为，后生

可畏

6

时间孕育了生活

生活丰盛了时间

一边在时间身上撒上鲜花的种子

一边又在时间身上撕开千疮百孔

7

生生

无无

空空

这才是彻头彻尾的生活

8

此刻，我们的生活在流血
无烟的战争在傲慢地大笑
血至清，则无为

9

庄子的逍遥
不仅是生活的逍遥
更是消摇了的生活

10

在风风火火和冷冷清清之间
尚有你我之间
会心一笑的真诚

我放下了思考

我放下了思考

只留下一具身体

眼睛、鼻子、臂膀

还有流动的鲜血

我就像一个装满水的玻璃瓶

在大自然面前袒露

它能看透我，我却看不透它

因它有无数的宝藏等待我去探寻

它们在阳光下朝我挥手

它们没有悲伤，没有死亡

更没有因果和爱憎

当我放下思考

田野的花开得更加绚烂

河水流得更加壮阔

一些记忆开始在鲜血里流动

几只鸽子飞往天边的云彩

倾听

听，请你要侧耳倾听
宇宙大爆炸的轰鸣
挣脱黑暗的黎明

你不知道
白天和黑夜哪一个先来临
你只需倾听喧嚣与宁静

你不知道
信使捎来的幸福之音和深渊隐秘的脚步
哪一个先来临
你只需倾听你浩瀚的心

但你注定要随着落叶飘零
所以，请你要侧耳倾听
倾听万物下落
埋进泥土的宿命

沉默

诗人们写着，思考着

用华美的比喻描绘

这个悲喜的世界

唯有我，被抛入这个世界

在下落，在扎根

最后完全沉浸于它

我被世界写着，临摹着

它毫不吝啬，用生动和多彩来塑造我

我却只配沉默与感受

沉默是一种更真实的声音，是一种敬畏

我用沉默的眼睛欣赏一朵玫瑰

用沉默的身体感受一条河流

无须使用高贵言语

它们就是它们自身

是玫瑰，是河流

它们开在，奔流在我的言语之上

当我静静地感受它们时

玫瑰便开始向我说话

河流打开了它的身姿

向我吐露我的童年

和我的初吻

一朵花开在我眼前

一朵花开在我眼前
它像一首诗打开了春
它带着微风向我问候
并对我发出邀请——
一场简单的盛放仪式
这是种打开的神秘的力量
像天使的怀抱，把我紧紧地吸引
它的红色与鲜血有某种联系
对，是鲜活的生命，如此真实和自然
它告诉我，一切语言和文字都是沙尘
经不起风暴的洗礼

它从沙尘里冲破而出
用花瓣迎接每一缕新的阳光
在花茎中生长出真理的模样
是的，我苦苦寻找的真理，就是它——
一朵向我主动盛开的花
没有秘密，没有玄机，没有喧哗
我不用赋予它任何意义
它只需我的回应

不过，有时它也让我感到恐惧

因为在它面前，我感到自己的渺小和软弱

又因为恐惧是美的开端

而当我放下徒劳的思考，投向它、走向它，观察它……

并静静地享受与它一起的时光

它便已悄悄地进入我的灵魂

带我一同参与对生命的赞颂

当雨下落的时候

当雨下落的时候

诗人们开始悲伤

雨水勾起了他们忧伤的往事

他们用丰富的思想赋予雨意义

让雨成为一种象征

令它大放异彩

它变得不再自然，不再纯粹

我用双手触摸雨的湿润

用耳朵倾听雨滴在窗台的声音

它滋润了地上的小花小草

没有悲伤，没有象征，没有我们给它的定义

这是雨给我的全部

它是如此真实，如此自然

它渴望被我观察

它按自己的方式下落

打湿大地和那些柳树

它下落的意义就是要成为它自己

就像太阳

它准时从东边升起

照亮它要照亮的地

拥抱深夜

我爱深夜

不是因为它宁静

不是因为它闪耀的星辰

也不是因为它可以让我安睡

我爱它，仅仅因为它是深夜

纯粹，真实，为黑暗而生

我可以感受它，触摸它，拥抱它

听见它发出的最微弱的声音

路人的叹息，树叶的交耳，孩子的呼吸

我能触摸到风吹动着夜色

在树的发梢留下它的足迹

思想在感受面前是多么脆弱和不堪

那些形而上的理论完全被湮没在夜色之中

它们只是真理路上的迷雾

而我眼前的深夜就像宽厚的大海将我包围

他赐给我体验黑暗的能力

赋予我体会光明的意义

我将如何报答她那温暖的怀抱？

唯有将我的身体交出

拥抱深夜

告别我

在不久的将来
我将化为那棵草
渺小，却深深扎根大地
和光同尘，与星月为伴
任凭雷电风暴
黑夜晨晓
我会一直向上寻找
那曾爱过的花
曾留恋的怀抱
在无数个辽阔的星辰
我数算光阴秒秒
找一个最美的时刻
一首最动听的曲调
用我的微笑
做最后的祝祷
告别现在的我

我生长成你的身体

我用力地向上生长
寻求你的面容
在苍茫的草原里
在原始的森林里

可你并没有回答我
你掩面回避我
如大漠般的沉默
你化身为万有却又隐藏于其中
让我心灰意冷

我用神圣的言语为万物命名
你明亮的眼睛，是太阳
你温柔的气息，是微风
还有那大海、河流、湖泊……
是你恩赐的荒漠甘泉

伟大的诗人！

你们可有更高尚、更简明的言语？

好让我的骄傲此刻停息

四方的旋律都默不作声

静听那高山流淌的清泉

此刻，我躺在你的怀抱里

灵魂宁静安详

举目都是你的身影

你用你的方式——

一种充满力量的吸引

使我慢慢生长成

你舒展的身体

黎明前夜

夜幕掉进浅浅的湖水
月色洒满大地的乳房
绵延的远山伸展出
一个忧伤的你
一段《月光奏鸣曲》
幕幕浮现满湖的岁月
百万个你

白鹭撕裂黑夜
如光一样掠过
留下小岛红树
一叶孤独

夜色奔赴沙场
追寻多彩晨曦
云雾收起泪水
剑指穹苍

此刻

此刻
我最欣赏野草
因她旺盛的生命
直接戳穿我内心

此刻
我尽爱慕野火
因她火热的身体
直接融化我的宇宙

此刻
我的灵魂渴慕大海
因她宽阔的胸怀
直接将我的身体活埋

时间

1

心跳

即我的人生秒表

2

不是时间

赋予我们意义

而是我们

赋予时间意义

3

时间

无所谓过去

也无所谓现在和将来

它是一幅画卷

镌刻着美丽的精神图景

4

在时间里

我们自由

我们必然

5

时间是一本历久弥坚的书
只要你
尽心尽力尽情
翻阅
它便永无止境

6

时间一直在
叩问
我们如何不辜负
它的良苦用心?

7

爱情
会遗忘时间
并且,遗忘得
不亦乐乎

8

物理学家说

时间和速度有关

我说

时间和爱有关

爱能冻住时间

亦能超越时间

9

圣人

都是面向未来

我们

都在缅怀过去

10

光阴的田野

有人长大

有人变老

大和老是同时进行的

大什么时候开始变老呢

当秋风扫过稻草人

落叶堆砌起

一座座

大地的皱纹

医者颂

你是四季最美的花朵

静默地绽放于某一个角落

山河是你的依托

在滚滚春雷到来之前

抵挡死神对生命的掠夺

深夜伴你度过

你是大地最绚的焰火

用青春的年华

燃烧岁月的蹉跎

在寒冬冰封希望之前

敞开热情的怀抱

长江因你壮阔

你是风暴最迷人的轮廓

如疾驰的万马奔赴沙场

驱逐尘埃的迷惑

在天与地的浩渺之间

搭建荣耀的宝座

群星为你闪烁

你是历史长河的浪波
是中华民族的魂魄
你是黎明撕开黑暗
是春天最铭心的收获

在一个极其安静的夜晚

在一个极其安静的夜晚
我独自行走在路上
感受双脚与地面的摩擦
它承受了过去的我和现在的我
又将继续承受未来的我
它伴我走过一个个深渊

和天使一样
深渊也曾是我的朋友
给我带来黑暗的光芒
带来星星和黎明
假若给我一丝黑暗
我会制造一千种光明
因为我有一双敏感的眼睛
一颗不被尘埃覆盖的心灵

这个极其安静的夜
为寂静而生，为光明而孕
我行走在她的身体里
走过白天鸟儿栖息的树
感受大地心脏的震颤

当我抬头看见太阳

当我凝视镜子
看到最深邃的自己
那是个遥远而未知的黑洞
又像是一口深不可测的井
装满了夏天的燥热和真理的迷狂
过往都在记忆的罗网之中
前面是种种迷宫

当我抬头看见太阳
它只是想成为太阳
像那玫瑰想成为玫瑰
河流想成为河流
它们每天都变换着
在黑夜或白昼
以逝去或死亡

没有忧伤，没有怜悯

没有完成

无须祭奠

它们的灵魂卑微

却在我缺席的日子里

安分守己

做自己的君王

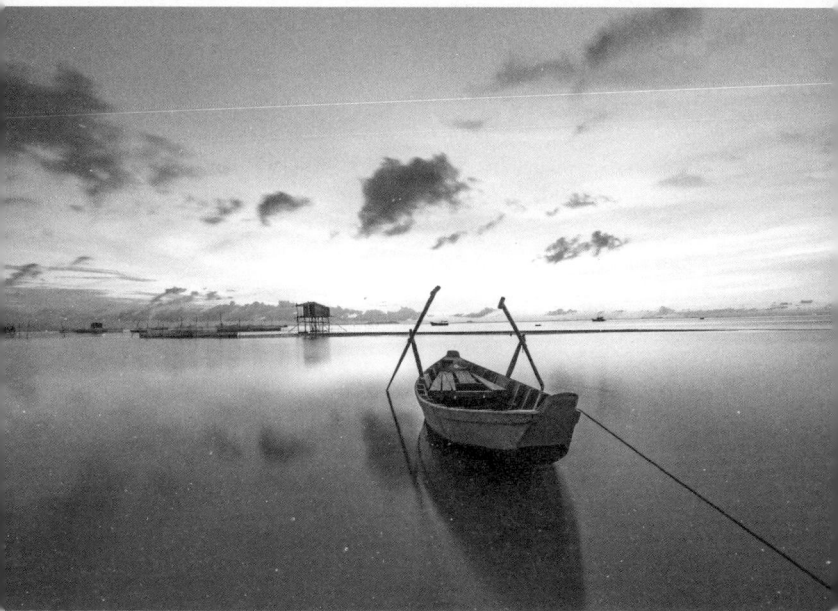

当我抬头看见太阳

占有

我占有我的身体

占有阳光和空气

占有大自然向我敞开的一切

我是幸福的人

但是，所有的占有只是暂时拥有

是的，占有就是暂时拥有

身体会腐朽

阳光会黯淡

空气会消散

我们终将会分离

大自然的一切都将过去

形而上学会过去

过去也会过去

但这不影响我的幸福

因为我占有现在

"现在"是如此真实

现在我手上拿着的这个茶杯

现在我看见树荫下苔藓的绿

现在我正思念着你的脸庞

"现在"又是如此虚幻

我常常怀疑"现在"是否存在
它是虚无吗？
还是像头顶的星空那样真实？
它像无形的气笼罩着我
使我无法辨认
当我思考"现在"
它就像沙子一样
从我"观念"的沙漏里溜走
成为"过去"
我思考的一切都是"未来"
"未来"像个婴孩
在我的期待中慢慢成长

我拥有的一切都成"过去"
（过去像是一具陈旧的尸体）
"过去"我手中的茶杯
树荫下苔藓的绿

它们都流过我的身体
进入我充满记忆的血液
它们也将流向我的未来
直至流到那块大理石碑
过去和未来
被镌刻在最真实的"现在"图景

我们

1

我爱你的时候

我就是你

2

我不知道

你是什么

我只知道

你很简单

不然

我怎么会越来越不了解你

3

对待事物

我都可以

从心所欲

而不逾矩

但我却始终

逾矩不了你

4

朱子说：性即理

阳明说：心即理

我说：爱即理

5

我想象

你是一本书

每天清晨

我可以读你

柔美的身体和高贵的灵魂

6

如果把你扔进

柏拉图的《理想国》

你就是正义本身

7

日光下

我们一阴一阳

述说着道

月光下

我们合而为一

成就着道

8

生命是座山峰

我们都在不断往上爬

为了爬到巅峰高唱一首歌

因为我们热爱

因为山峰寂寞

9

万物都有名

而对于你

我却想不到用哪个名

因为所有的名

都不副实

你只属于远方

美丽而神秘

10

只有当我

抬头仰望星辰之时

才能看见你的全貌

你的闪光没有目的

你是那么纯粹

想落泪了

你便用流星划破长空

想回家了

你便用日光照耀大地

11

你来的时候

一切都形同虚设

因你是唯一的真实

你是"善"到"至善"的一座桥

12

我们继承了

善与恶

我们生养众多

就像海边的沙子一样

为了生生不息的使命

渴望一个梦

我渴望一个梦
在冬日的午后潜入浩瀚大海
与壮阔的波浪和天上的云团
一起扬帆

我在沙漠里见到骆驼[1]
负重前行
在草原上见到狮子
逐鹿群雄

如今，在大海的怀抱里
我像个婴儿
这里有我所需要的一切
我的同伴，我的食物
还有滋养我心灵的诗行

这是一个关于海洋的梦
后来成了梦的海洋
在冬日暖阳里尘封

---

1 德国哲学家尼采在《查拉图斯特拉如是说》中提出了人生成长
的三个阶段：骆驼阶段、狮子阶段、婴儿阶段。

爱情

1

谁发明了爱情

谁在爱情里颤抖

是孤独

是爱本身

2

白云镶嵌在蓝天

青山镌刻在大地

爱情填埋在

一代一代的骨头上

3

爱情是一艘远航的帆

风，是她的方向

吹向未名的远方

4

爱与情

一个疯狂

一个忧伤

5

流水

不腐

可是爱情毕竟不是流水啊

6

爱情是一种虚构

星辰、丛林、鲜血、盗火者

都是编剧

导演是柏拉图

7

太阳，赤裸裸的光

树叶，赤裸裸的绿

历史，赤裸裸的情节

只有爱情

披着华丽的衣裳

8

最初的爱情

三洗吾身

后来的爱情

三省吾身

9

把我们的爱情

埋葬在山岗上

一定会长出玫瑰

永不凋零的玫瑰

10

爱情是化妆的苦难

是婚姻的墓志铭

11

一个个圣人

都是

起于爱

终于情

孩子

1
你们来自
混沌里最初的爱
向往自由的大海

2
你们一定期待
炊烟与夕阳
还期待
流浪的羊羔
归来，看着你们
在野草丛中欢快地歌唱

3
陪读是一种长情
更是一场修行
像稻草人
守护着春生夏长

4

一群无趣的大人

在大雪里

给你们

画出一条条起跑线

5

那些早早开花的树

在秋日里

果实早早地掉落

腐烂

6

爱情的结晶啊

往往也是

爱情的炸弹

7

尽管

世界总归是你们的

而你们是

属于培训班的

8

你们在教室里考试

我们在烈日下

拷问灵魂

9

一粒粒种子

自种下的那一刻

就已蕴含了爱

——大树繁茂的养分

却被我们一次次

用"爱"浇灭

10

你们怎么来?

来自哪里?

又将去往哪里?

那些厚厚的书本里

并没有答案

11

你们并没有来过

所以也不会回去

你们只是代表

灵魂的童年

12

我是有限

你亦有限

我和你却构成了无限

在永恒的轮回里

成为我们

13

孩子

你要学会仔细观察一棵树

她春生夏长

那里有你成长的童年

你的祖辈们

曾在那棵大树下相拥相依

一代一代繁衍生息

树下的溪流还尚存捣衣的声音

孩子

你还要学会抬头看远处的星辰

她们秋收冬藏

那里有人类远古的故事

你的快乐悲喜

都将在星辰里永恒闪烁

一代一代

大地的暗河

正奏响你一路前行

之间

我沉落

在繁星与大地之间

在白昼与黑夜之间

在有限与无限之间

我存活

在善与恶之间

在一与多之间

在生与死之间

我死去

在梦境与苏醒之间

在历史与书本之间

在你温柔的眼睛

与暴风雨之间

如·果

1
如如不动之心
是最真实的果

2
真正的强者
既藐视如果
又超越如果

3
用如果的血
去祭奠科学的胜利吧

4
在可能与现实之间
有一把想象力之剑

5

把如果当作条件的人
内心大多悲凉
把如果当作结果的人
内心大多灿烂

6

生命所镌刻的
一半是如果的遗憾
一半是如果的喜乐

7

他是自由意志的代言人
在命令中给予我们自由

8

圣人
都是跳出了如果
领受天命的必然

9
儒家的如"果"
叫仁
道家的如"果"
叫虚
佛家的如"果"
叫空

10
唯有"如果"
赋予高贵的囚徒
以小确信

奔·离

1
我来到我的身体
借着躯壳和气息
去经验这个世界
包括你

快乐与痛苦
爱与恨
相聚与离别
都在你身上交融

终有一天
我将离开这具身体
带着你的讯息
奔赴下一场轮回

2
爱来
如猛兽
情去
如抽丝

3

日子

像引线穿针

一针一针

把我们的爱缝补

4

孔子的爱

是真正的双向奔赴

一边奔赴历史

一边奔赴未来

5

跌入深谷的痛

竟是这么无声无息

6

非玩物丧志

无以明志

7

星星

因为了了分明

所以了无挂碍

风

因为了无挂碍

所以自由自在

8

当焰火

离开自己的身体

它便真正成了自己的王

9

你的光芒

不增不减

不垢不净

不奔不离

在每个晨曦照亮我的脸庞

寒·热

1
"时间"并非延续
"过去"并非过去
它在人们的回忆中
被突然唤醒——
我们都是冬天的孩子

2
火，在火里燃烧
雪，在雪中下落
我们竟迷失在
我们的身体里

3
黑夜是一个巨大的子宫
我和你在她里面震颤
诞生了黎明

4

有一种古老的语言
叫"天何言哉"
在四时之行和百物之生中间
它把白天托付于黑夜

5

雪是两个世界的镜像
那我们看来是白色的
在他的世界却是黑色
那我们只能"感觉"的冷
在他的世界却要用"思维"
在我们是"因"
在他那是"果"
一切都是颠倒
就如老子所言
有无相生，长短相形
唯有在雪的身体里
万物平等
善恶消融

6

旅游是出发
文化是回归

7

我喝了一杯毒酒

致敬伟大的苏格拉底

8

是那股原始的力量

让尼罗河的水漫过四季

大地的双眸

睁开了一丝不挂的黎明

9

万物

有形和无形

气与血

都在我们这具布满窟窿的身体里

会师

10

我的身体里有一处铁轨

它凝结着风和万物的声音

列车在它身上掠过

留下速度　而孤独

却抛出自由

没有名字　只有限度

它将自己埋葬在不断死去的细胞里

春分

1

当某一天你走出了幽暗的洞穴

寻求那一道光

请你记得再回到洞穴

因为你不仅仅要看见光

还要在黑暗中散发出光

2

我们曾走在人间

长与短相依

身与影相依

在这短暂的人间

3

有一种春天在哭泣

为我而哭

有一种春天在死去

为我而去

4

樱花花期，七天
七窍开凿，七天
一种极致的美
万种鲜艳的欲
升降于山谷与混沌之中

5

在午夜与月光缠绵后
樱花交出了整个春天
她在山谷中自立为王
头戴自信的冠冕

6

大树的生命是内敛的
而我们的生命常常是内卷的
内敛积蓄能量使其长生
内卷消耗能量使其衰亡

7

当我们真正懂得了时间和空间
我们便懂得了忍耐和包容
因为时间是忍耐的外衣
空间是包容的装饰

8
春是突然出现的
他的猝不及防
让我更相信
一年之计在于冬——
在万物收拢之时
开始暗流涌动

9
早起的最大好处是
鲜有人跟我争抢
与大自然独处的机会
我可以与她倾诉一切秘密
像提前练习一场死亡

10
哲学只是揭示了一和多
而爱才是一和多的原因

日出

在有限的生命里

按时看日出

伴随着刚苏醒的草木

略含咸味的风

以及潮湿的土腥味

给自己的生命举行一场升旗仪式

祖辈们的话语在耳边彻响

"那寻求我的，必寻见"

就像孔子说的"我欲仁，斯仁至"

按时看日出

就是寻求光的源头

生命的源头

寻找那条祖辈们为之奋斗一生的道

每一次的日出都相似

又都不同

他犹如无限的思想

包裹和涤荡着心灵

他的光芒里有赫拉克利特

有柏拉图，有孔子

他们燃尽却又不朽

他们乐观却又悲观

他们通过每一次的日出

沐浴着一代又一代人

我们所要做的

就是保持虚空

让光透进

让光透进

我在沙漠里见到骆驼

负重前行

在草原上见到狮子

逐鹿群雄

如今，在大海的怀抱里

我像个婴儿

这里有我所需要的一切

我的同伴，我的食物

还有滋养我心灵的诗行

这是一个关于海洋的梦

后来成了梦的海洋

在冬日暖阳里尘封